ピエロの**ボーベ**と**エナ**の物語

文・絵 岡部文明
（おかべぶんめい）

書肆侃侃房

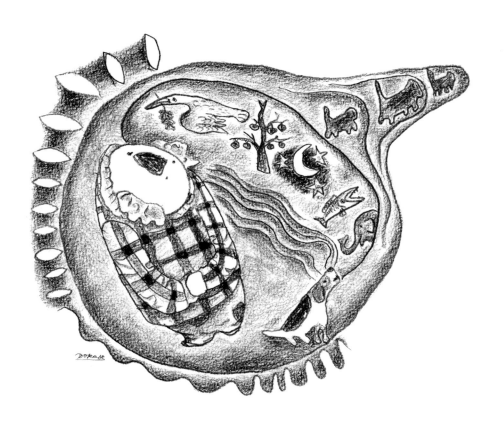

ピエロの**ボーベ**と犬の**エナ**は大の仲良しで、
黙っていても遠くにいてもお互いの考えが
いつも不思議とわかりあえた。

もちろん夢を見るときも、
これまた仲良く同じ夢を見て、
夢の中で遠い国や宇宙の果てまで
いっしょに旅をした。

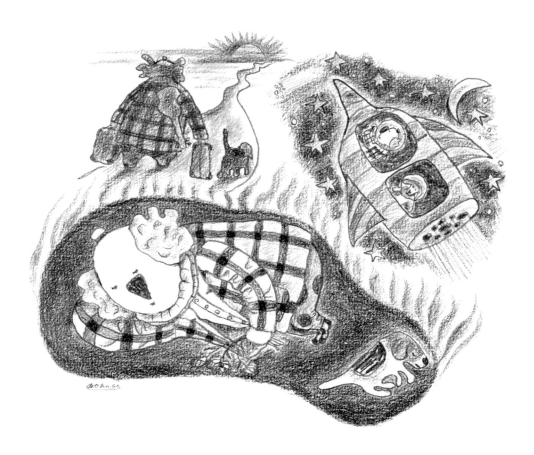

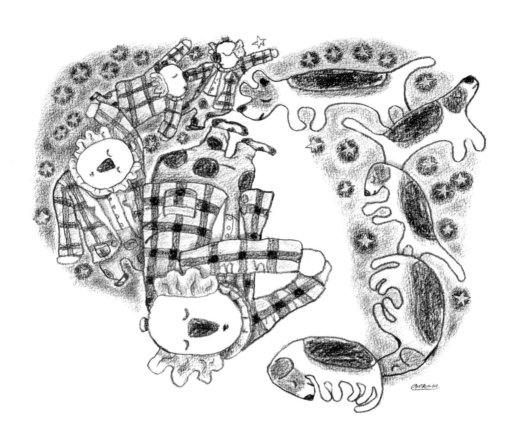

ある夜、ふたりはまた旅に出る夢を見た。
これから先、ふたりはどこに行くのか
何のあてもなかったけれど、
楽しいところをたくさん見つけよう、
と話し合う夢から始まった。

初めに、**エナ**が「世界でいちばん
楽しいところに行きたいな」
とつぶやくと、**ボーベ**がすぐに**エナ**に言った。
「ぼくは小さいころサーカスを見て
とっても面白かったよ」
「それじゃあ、まず最初にサーカスを見に連れてって」
と**エナ**が**ボーベ**に頼んだ。
「うん、そうしよう」

ふたりはぐっすり眠っているはずなのに、
目をつぶったまま「うん、うん」とうなずきあった。
そして、寝たまま手足を動かす仕草をしたが、
そのときはもうとっくにふたりは夢の中にいて、
周囲の音など何も聞こえない、
ふたりだけの夢の世界を歩いていた。

ふたりはサーカスを探して、
どんどん
村から村へ、町から町へ、
森や林をくぐり抜け、
山も谷も峠(とうげ)も越えてゆくと、
地平線の彼方(かなた)にもっこり
ふくらんで立っている、
赤と黄色のしましまの
サーカスのテント小屋を
ようやくのことで見つけた。

9

ふたりがわくわくしながら中に入ると、

楽しい世界が待っていた。

次から次に出てくるサーカスの演技は、

どれを見ても楽しくて

ふたりをすっかり魅了し、

見ているうちにサーカスのとりこになってしまった。

いろんな人たちが
むずかしい曲芸や、
空中で飛んだり跳ねたり、
大きな玉の上に乗って
転がったり。
馬や熊や虎、象など、
動物がたくさん出てきて
びっくりしたり、笑ったり。
ふたりはますますサーカスが
好きになった。

サーカスを見終わったふたりは、
「こんなところにずっといて、
いつでもサーカスが見られたらいいな」と思った。
「ただ見るだけじゃなくって、みんなといっしょに
サーカスに出られるともっといいね。
でも、ぼくたちにはちょっとむずかしすぎるかな」と
エナがポツリと言った。
ボーベは「そうだね。でも、ぼくたちにもきっと
何かできることがあるかもしれないよ。
ふたりでやると何か面白いことがきっとできるよ。
今までずっとふたりで、
何でもやってこられたんだから」
と言いながらすっかりその気になって
さっそく団長さんに会うことにした。

ふたりは団長さんに会うと
「ぼくたちもサーカスの仲間に入れてください」と頼んだ。
団長さんは「きみたち、何かサーカスの演技でも
できるというのかね」
とぶっきらぼうにたずねた。

「ふたりでコンビを組んで
楽しいサーカス演技をご覧に入れます」
と**ボーベ**は胸を張って言った。

「それじゃ、ちょっと何かここでやってみてくれ」
と団長さんはふたりの演技をひとまず見てやることにした。
ボーベは
「はじめに、動物たちとの演技をやってみたいです」
と言った。

「ほほう、いきなり動物と来たもんだ。
それで、どんな動物とやってみたいのかね。
君なら、おとなしくて扱いやすいロバか羊なんかが
よくお似合いだろう」

「ぼくは、お馬さんが好きだから
足の速そうなのを一頭貸してください」

「とんでもない。
馬は一番むずかしいから、君にはとても無理だよ。
スピードが速くって、ぴょんぴょん跳ねたり、
時には二本足で立ち上がったりしてとても危険だ。
初めての者にはとても危なくて
すすめられるものではないな。
せいぜい、ふるい落されないように
しがみついているだけでも精いっぱいなんだから。
あんまり無茶なことをやってくれると、
わしゃ困るからねぇ。
馬だけはやめといたほうがぶなんだと思うがね」

団長さんは**ボーベ**がとんでもないことを
言い出したと思い、
少々あきれかえって少しばかり不機嫌になり、
もうそれ以上、サーカスのことなど何にもわかってない
ふたりの相手をするのは
ばかばかしくなって、そこから立ち去ろうとした。

それでも、**ボーベ**は団長さんの忠告に
何にも怖がる様子もなく、自信たっぷり、
団長さんにとにかくやらせてほしいとしきりに頼んだ。
「わかった。君がそんなに言うのならやってみるといい。
でもほんとに気をつけてやってくれないと、
わしゃ知らんぞ」

「はい、わかりました、団長さん。

それじゃ、足の速いお馬さんを一頭連れてきてください」

不安そうな顔をした団長さんなど一向に気にせず、
ボーベはいっときも早く馬に乗りたい気持ちを抑(おさ)えて、
馬が目の前に現れるのをじっとしんぼう強く待った。

やがて団長さんの指図で
飼育係が馬の手綱を手渡すやいなや、
いとも簡単にひょい、と**ボーベ**は馬の背に飛び乗った。
もちろん**エナ**もすばやくいっしょに飛び乗った。

ぱっか、ぱっか、ぱっか……
ふたりは周りの心配など
おかまいなしで、軽々と
サーカスの円形舞台を
何度も何度も
かけめぐって見せた。

最初からずっと見ていた団長さんは、
あっけにとられながらも思わずつぶやいた。
「こりゃすごい。こんな連中は今まで見たこともないよ。
おーい、もういい、もういい、よくわかった。
きみたちの馬乗りはとても素晴らしいことがよくわかった。
ちょっとこっちへ来てくれ。
これからのことを話し合おうじゃないか」

団長さんがふたりに向かって叫ぶと、
馬に乗ったふたりが戻ってきた。

「団長さん、もっとやってみたいです。

今のはちょっと試しに乗ってみただけなんです。

今度はお馬さんの上で楽器を鳴らしたり、

いっしょに立ち上がったり、

猛スピードで走ってみせます」と

ボーベが言った。

団長さんは

「それじゃそんなことができるというのなら

お手並みを拝見しようじゃないか」と言いながらも、

本気でふたりにむずかしい演技ができるとは

考えていなかった。

そこでふたりは、今度はほかの馬に乗りかえたりしながら、
次々に団長さんがあっと驚くような演技をやってのけた。

しばらくすると、馬と**ボーベ**たちはいつの間にか
友だち同士になって、楽しそうにリングを走り回った。
すっかりふたりが気に入ったと見えて、馬は
ボーベのいうままに何でも命令に従いながら走り続けた。

馬の上でラッパを吹いたかと思えば、
アコーディオンやヴァイオリンを弾いたり、
馬を立ち上がらせたりと、
手際よく、初めてとは思えない馬の乗りこなしに、
団長さんはすっかり驚いて
目を白黒させてあっけにとられるばかり。

団長さんは驚きと興奮のあまり疲れきって、
へなへなと床にしゃがみこんでしまいそうだったが、
ふたりが馬から下りてくると、
また急に元気が出てきてうれしくなり、
いろんなことを**ボーベ**にたずねてみたくなった。

「わしゃ、君の演技にすっかりほれこんでしまったよ。
いったいどこでこんな素晴らしい技術を学んだのかね。
こんなにうまく乗れるなんてどう考えても信じられんよ。
いつからサーカスの馬に乗るようになったのかね」

「ぼく、だれにも習ったことなんかありません。
みんながやっていることをそのままやってみただけです。
もちろん、馬に乗ったのは今日が生まれて初めてです」

それを聞いてまた団長さんは驚いた。
「なんだって。そいつはなおさらすごい。君はほんとに天才だ」

団長さんは先ほどまであんなに不機嫌だったのに、
ボーベの手綱さばきにすっかりほれ込んでしまって
「どうかね君、ぜひうちで馬のサーカスを
やってくれんかね」と頼んだ。

「うわーい、良かったね**エナ**。
しばらくここで楽しいサーカスがやれるよ」
と**ボーベ**が喜ぶと、

「いやいや、しばらくなんて言わないで、
ずっとここにいて君の素晴らしいサーカスを
お客さんに見せてくれんかね」と
団長さんは真顔になって**ボーベ**に頼みなおした。

「ずっと居られるかどうかわかりませんが、
とにかくぼくたちの気のむくままにさせてください」
と、**ボーベ**は**エナ**の顔を見ながらこたえた。
「よくわかった。君たちの気のすむまでここにいるがいい」

「あっ、それから団長さん。

ぼく、ほかの動物にも乗ってみたいです」

「ほう、ほかの動物ね。うん、そりゃいいけど
ほかにどんな動物に乗れそうだというのかね。
うちにはほかに、象や熊や虎なども
いることはいるがね……」

「そいつらは馬よりももっともっと危ないし、
万が一、踏んづけられたり、
食べられでもしたら大変だ。
そんなのをお相手するとは
まさか言わないだろうね」
と身震いするような仕草を見せながら、
しかめっ面をした団長さんは言った。

「大丈夫です、団長さん。

象さんも熊さんも虎さんもみんな乗ってみたいです」

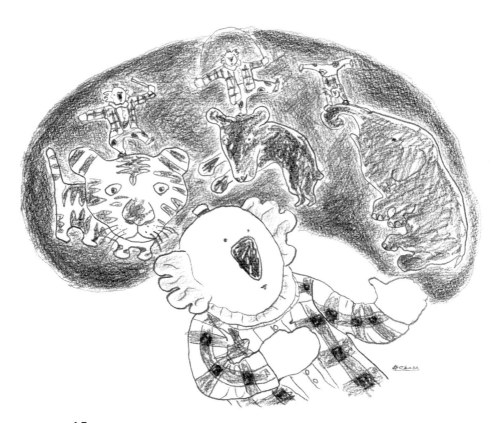

「そ、そりゃいいけど、本当に怖くないのかね。
相手はカラダが大きいし、
とつぜんぐぁーっとほえかかったりするんだ」
「熊や虎の手を見たことがあるかね。
大きな手でバーンとやられると
ひとたまりもないんだぞ。
馬を乗りこなすのとはちょっとわけが違うからなぁ」

「それでもやってみたいと君が言うのなら、
別に止めもしないがね。
まあ、馬をあれだけ乗りこなせたのだから、
やってみるがいい。
でも、それなりの覚悟でやらないと……」

「しかし、今度ばかりはまともに見ちゃおれないな。
何をやってもいいけれど、
わしはもうこれで失礼させてもらうからな」
と団長さんは**ボーベ**に告げたあと、
立ち去るふりをした。

ボーベたちがどんな猛獣使いぶりを
発揮するかを確かめたくて、
舞台のそでのカーテンのあいだから
じぃっとふたりを見守った。

ボーベたちがまず乗ってみたいと思ったのは、
大きな体をゆさゆさと揺さぶっている、
鼻のながい象だった。
丸い舞台の上で、出番待ちの象は
自分に命令してくれる象つかいを待っていた。

そこへふたりの登場だ。
またたく間に、
ふたりは象の背中に飛び乗ると、
リングをかけめぐったり、

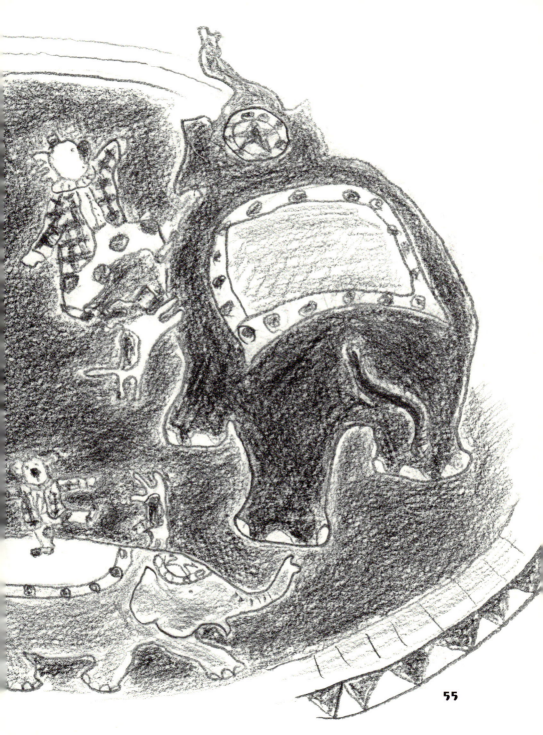

象を二本足で
立たせたり、
逆立ちやお座り、
玉乗り、腹ばい……

つぎには
いくつも並べられた
柱と柱の上を
上手に歩かせたり。

象は**ボーベ**の言うことを素直に聞き入れて、
次から次に命令されるのを喜んでつぎつぎになんでもこなした。

次に選んだのは、熊だった。

熊は大きな体で怖そうに見えたが、
ボーベたちとは一目見ただけで
すぐ仲良しになり、
いきなりふたりを抱きかかえて
舞台の上を走った。

そしていっしょに、自転車乗りやスクーター、
バイク乗り、ローラースケートなど
ほんとに楽しくゆかいな舞台をくり広げた。

65

さあ、いよいよ最後の動物は
ちょっと間違えば
食べられてしまうかもしれない、
あのどう猛な虎だった。

ところが、虎はふたりを見るなり、

これまたすぐに親しくなって

ボーベの命令に嬉々(きき)として従った。

火の輪をくぐったり、
前脚を上げてミラーボールの上に座ったり、
歩いたり、寝転がって見せたりと、
まるで大きな猫とじゃれあっているようだった。

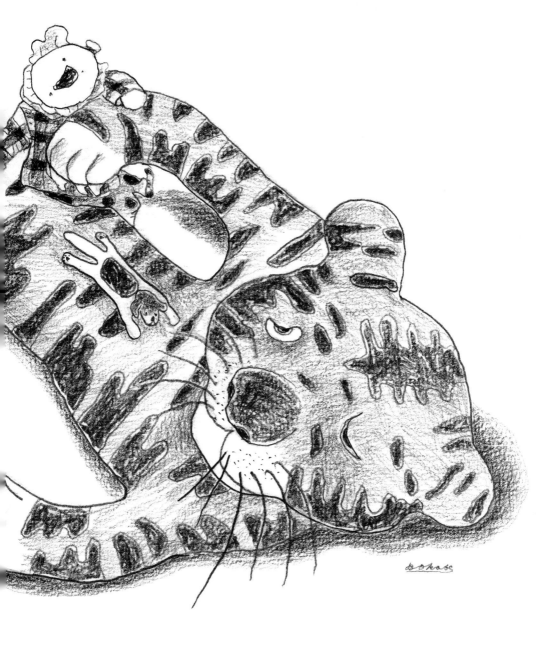

カーテンのあいだから見ていた団長さんが
じっとしているはずがなかった。
虎との演技が終わると、
舞台裏にいることなどとてもこらえきれずに、
まるで馬のようにす早く走りよってきて、

「ブラボー、こりゃまるで
おとぎの国の動物天国だ」
とだけ言ってぶっ倒れてしまった。

それも無理のないことだった。

何もかもが団長さんにとって

びっくりぎょうてんすることばかりだったから。

でも、**ボーベ**と**エナ**のサーカスは
これだけでおしまいというわけではなかった。
ボーベはもっとほかの演技もやってみたいと
腰(こし)をぬかしてしゃがみこんでいる様子の
団長さんにたのんだ。

「団長さん、ぼくたちほかにもやってみたいことがあります」

「ほう、まだ何かできるのかね」

「やってみないとわからないけど、
空中を飛んでみたいです」
「というと、それは空中ぶらんこのことかね。
あれはまた大変にむずかしいわざでな、
よっぽど練習しておかないと
いきなりやっても、そりゃ無理というもんだ。

高いとこでやるからには、それなりの覚悟もいる。

あっという間にまっさかさまに落ちて……

気がついたときには天国ってわけさ。

そんなの気にしないというなら別だがね。

まさかそれでもやりたいというわけではないだろうね」

団長さんは**ボーベ**のことだから、

必ずやりたがるとわかってはいたけれど、

ボーベが自分に逆らって

もっとすごいことをやってくれるように

わざとこんな風にこたえた。

「いえ、ぜひやらせてください。
きっとうまく飛んでみせますから」
と**ボーベ**は相変わらず自信をもって
団長さんに頼んだ。
「君のことだから何でもやってのけそうだが、
君の足の長さがちょっと気になるところだな……」

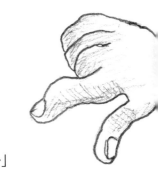

「そんなの平気です。とにかく見ててください」
と**ボーベ**は団長さんにいったかと思うと、
もうすでに縄ばしごを駆け上っていて、
またたくまにぶらんこにたどり着いた。

エナは高いところが少しばかり苦手だったけれど、
ボーベの背中にしっかりとへばりつけばなんともなかった。

さぁ、ふたりは飛んだ。

ぶらんこを両手でしっかり握(にぎ)りしめて、

ヒューン、ヒューン、ヒューン……

高いところも、ふたりにはなんのことはない。

ぶーら、ぶーらと空中を
まるで鳥のように飛び回った。
そしてただ飛ぶだけでなく、
逆立ちをしたり楽器を演奏したりの
空中曲芸までやってのけた。

頭だけで逆立ちをしたときには、
さすがの団長さんも
あっけにとられてしまった。

「こいつはすごい。

何でこんなことまで簡単にやってのけられるんだ。

まれに見る天才だ。

何でもござれときたもんだ」

かたずをのんで見ていた団長さんは、
ボーベたちの演技のすべてを手放しで喜んだ。
それどころか、ほかにも何かやれるのではないかと
自分の方から**ボーベ**にたずねた。

「**ボーベ**君と言ったね。君はたいしたもんだ。
なんでもかんでもやれるのにはほんとにびっくりしたよ。
今度は僕からのお願いだ。
もうひとつだけ、綱渡り(つなわた)をやってみてくれんだろうか。
あそこにピーンと張ってある綱の上を
歩いてみてくれるかな」

「やってみます。でも綱の上を渡るだけなら簡単すぎますから、一輪車に乗って綱渡りをやってみてもいいですか」
「いいとも、いいとも。そんなことまでやれるのかね」
と団長さんが言うと、
「あ、それから綱の上で、頭で逆立ちしたり、宙返りもやれそうです」
と**ボーベ**は付け加えた。

団長さんは、このときはもうすでに
ふたりの演技を信頼し、
かれらをサーカス一座の仲間として
心から受け入れていた。

そんなわけで、**ボーベとエナ**は
希望通りにサーカスに入って、
気ままに自分たちの得意なわざを
丸い舞台の上でやって見せた。

お客さんは、もちろん毎日超満員で拍手喝さい。

このサーカスのことはいつの間にか世界じゅうに伝わって、旅の先々で大歓迎(かんげい)を受けた。

夢の中の時間は
またたくまに過ぎた。

ふたりは夢からさめたあとも
何もかもうまくいくわけではない。
いつものふたりはほんとうは
何をやっても失敗の連続で、
へまばかり。
おまけにあまりのやんちゃぶりに、
周囲はいつもこのふたりに
ハラハラしながら手を焼いていた。

ふたりはなにをしても、茶目っ気たっぷりだったから、
いつもみんなを困らせたり、心配させても、
人気者であることに変わりはなかった。

このふたりをみんながいちばん
愛した理由のひとつは、
いつも夢にむかってふたりで
仲良く歩いているその姿だった。

そこには太陽のように光りかがやく希望が、
大きな風船のようにふくらんでいた。

103

ふたりを一度目にすると、

思わず誰もがほほえんだ。

そこには小さくても楽しい宇宙があり、
たちまち人びとを幸せな気分にしてしまう
不思議な世界があった。

こうして、ピエロの**ボーベ**と**エナ**は

いつまでも、いつまでも

みんなの人気者であり続けた。

そして、何年たっても
ふたりの姿はいつまでも変わることなく、
みんなの思い出の中に生き続けた。

おわり

最後まで読んでくれてありがとう。
この本をチャーリーとエドナにささげます。
——— **ボーベとエナ**

あとがき

　ある時私は、サーカスの世界には、様々な物語があることを知りました。空中ぶらんこの緊張した演技。どう猛な虎やライオン、象たちを手なずける裏方の調教師。目立つ花形スターではないが、玉乗りの少女のあでやかさに魅了された若者と少女の、恋に目覚める青春の日々。また、忘れてならないのは、サーカスの引き立て役であるピエロの存在。彼らが演じる道化(どうけ)の演技は、張りつめた場を独自のユーモアで、一瞬のうちに笑いの場に変えてしまいます。

　各地のサーカスを訪ねて回るうちに、イメージがふくらみ、現実のサーカスの枠を超えた非現実的空間が私の中に浮かんできました。

　そうして、"新しいサーカス"が空想の中からいくつも飛び出してきて、それらを詩として書き留めたり、短いストーリーが生まれたり、いきなり絵に描いたりしました。現実にはあり得ないドラマが生まれ、その小さなテント小屋の中に、楽しい小宇宙（パラダイス）が出現してきました。この本は、こうして自然に湧き出てきたものをすばやくデッサンし、繰り返し描いたものです。現実にはないかもしれない、私が思い描いたサーカスの世界。こんなことがあればすごいだろうな、人間も動物も仲良く共存できる、そんな世界がこの世にあったなら、みんな幸せになるだろうな。そう、この本には、私にとって理想の夢の世界があるのです。

岡部文明

岡部文明（おかべ・ぶんめい）
画家

1948年 福岡県生まれ、福岡市在住。
1965年、16歳の時にラグビーで岐阜国体に出場するが、スクラム練習中に負傷。
暗中模索のあと絵の世界に方向性を見出し、画家を志す。
サーカスとピエロの世界に魅せられ、1973年からピエロの絵を発表し続けている。
彼らを訪ねて世界を旅し、交流するなど、一生のテーマとして取り組んでいる。
1988年にモスクワ新サーカス劇場で大規模な個展が開催されたのち各地を巡回。
埼玉県立近代美術館、福岡市美術館、府中市美術館での個展開催後、
2011年にはニュージーランドのパタカ美術館で、
2012年には各務原市あすかホールで個展が開催され、
2019年には横浜赤レンガ倉庫で絵画とオブジェ展を開催。

2013年、岐阜県芸術文化顕彰特別賞受賞。
2014年、第82回独立展 芝田米三賞受賞。

著書『ピエロよ永遠に』（朝文社）、絵本『ピエロになった王様』（小学館）、
回想録『ピエロの画家　魂の旅路』（小学館）

ピエロの**ボーベ**と**エナ**の物語

2019年9月12日　第1版第1刷発行

著者	岡部文明
発行者	田島安江
発行所	株式会社書肆侃侃房（しょしかんかんぼう）
	〒810-0041　福岡市中央区大名 2-8-18-501
	TEL：092-735-2802　FAX：092-735-2792
	http://www.kankanbou.com　info@kankanbou.com
デザイン	成原亜美（書肆侃侃房）
印刷・製本	シナノ書籍印刷株式会社

Ⓒ Bunmei Okabe 2019 Printed in Japan
ISBN978-4-86385-379-9　C0093

落丁・乱丁本は送料小社負担にてお取り替え致します。本書の一部または全部の複写（コピー）・
複製・転訳載および磁気などの記録媒体への入力などは、著作権法上での例外を除き、禁じます。